다 부르지 못한 노래

다 부르지 못한 노래

초판 1쇄 인쇄 2019년 1월 3일
초판 1쇄 발행 2019년 1월 10일

—

지은이 정봉렬
펴낸이 이방원

—

펴낸곳 세창미디어
출판신고 2013년 1월 4일 제312-2013-000002호
주소 03735 서울시 서대문구 경기대로 88 냉천빌딩 4층
전화 02-723-8660   팩스 02-720-4579
이메일 edit@sechangpub.co.kr
홈페이지 http://www.sechangpub.co.kr

—

ISBN 978-89-5586-557-8 03810

이 도서의 국립중앙도서관 출판시도서목록(CIP)은 서지정보유통지원시스템 홈페이지(http://seoji.nl.go.kr)와
국가자료공동목록시스템(http://www.nl.go.kr/kolisnet)에서 이용하실 수 있습니다.(CIP제어번호: CIP2018040581)

정봉렬 시집

다 부르지 못한 노래

다 부르지 못한 노래 목이 메어 못 불렀나
고백하지 못한 사연 길이 막혀 돌아섰나
묶여진 노랫말 풀어
못 다한 길 떠난다

세창미디어
MEDIA

아버님 정경선(1923~2008)
어머님 이정재(1927~2016)

다함없는 사랑으로
자식들의 마음속에
영원히 살아 계시는
두 분을 그리워하며

시조집『다 부르지 못한 노래』를 올립니다.

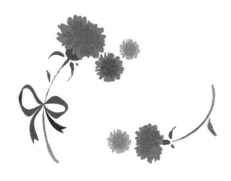

차례

제2부 누항陋巷　형亨

제4부 전별餞別 정貞

제1부

찔레꽃

원元

서시序詩 함성

우리 함께
외쳐 보자
무너지는 몸짓으로

폭포 타고 절벽 올라
산맥 넘어 바다 건너

영원한
사랑의 노래
하늘까지 울리도록

찔레꽃

아무도 찾지 않는 밭두렁 길 골짜기에
아직 살아 피어나는 꽃잎에 맺힌 사연
바람에 꺾이지 않고
그리움만 흔들리는

황토밭 가는 길섶 어머님이 부르는 손짓
흰구름 머리다 이고 뙤약볕도 마다 않고
산노을 바다에 어리면
함께 젖는 눈시울

보릿고개 넘는 언덕 찔레순도 붉었었지
가시덤불 사이사이 피멍울을 뿌려 놓고
민들레 하얀 꽃씨를
후후 날려 보냈지

물들이는 아침

아침노을 환한 빛이
검은 기운 감싸면서

번져 오는 이 빛깔은
따뜻하고 밝은 미소

서로를
물들여 가는
바람결의 아지랑이

고운 물감 스며들 듯
오랜 가뭄 메마른 벌판

적셔 주는 단비인가
기척 없이 번지는 정

잠시만
눈을 팔아도
밀려오는 그리움

입춘 立春

간밤에 설친 잠은
바람 탓이 아니었네

그리움을 타고 오는
파도 탓도 아니었네

똑똑똑
기다림에 지쳐
봄이 서는 소리였네

창밖에는 봄이 섰고
다리 건너 겨울 가네

뜨거운 몸 식히려고
눈밭을 굴러왔나

식을 줄 모르는
그리움
새순 돋아 피겠지

봄

봄은 바다에서 오고
꿈이 기지개 켜고 일어나

바다 보이는 창문 열고
수평선을 들이마신다

얼었던 가슴
빗장 열고
무지개꽃 피우며

새 집을 짓고 나서
새봄이 찾아오면

언 땅을 파헤치고
순백의 씨앗 심자

언제나
잎도 푸르고
뿌리 열매 풍성한

엽서

높고 푸른 가을 같은
늦은 봄날 아침 편지

그리운 사람에게
그리움 전하려니

창밖에
널따란 나뭇잎
제 몸에다 쓰라 하네

그대 뜰 안 벽오동은
얼마나 푸른가요

무성한 넓은 잎 따서
몇 자 적어 보내 주오

그립단 말
없어도 좋으니
고이 품어 간직하게

그리움 1

그곳에는 소쩍새가
한밤중에 울더니만

이곳에선 새벽마다
강물 되어 밀려온다

두 손을 담가
잡으려 하니
날아오르는 그리움

창문 밖에 흔들리는
나뭇가지 사이사이

얼굴인가 뒷모습인가
보이다가 안 보이네

언젠가
손 흔들며 돌아선
머리카락만 하늘하늘

그리움 2

허공 속에 날려 보낸
셀 수 없는 그리움들

메아리도 아니 오고
아지랑이 없는 고개

지금은
무지개 빛으로
해일 되어 밀려오네

매일같이 보는 그대
오늘 아침 손을 놓쳐

함께 걷는 걸음인데
그림자가 외롭구나

겨울비
개인 하늘을
적셔 오는 그리움

고향집

창밖에 빗소리가
그리움을 불러옵니다

손 내밀면 닿는 곳에
함께 계신 아버지 어머니

천 리도
더 먼 곳에서
가물대는 얼굴이여

앉아 놀던 그 자리에
어린 꿈이 자라나서

기다림도 그리움도
아픈 날 좋은 날도

만리향萬里香*
무성한 그늘을
덮어 주고 살리라

* 금목서 나무

이름

봄비 오는 새벽 창가에서
묵은 편지 뒤적이다

시퍼렇게 살아 있는
목마름을 찾아내어

한 번도
불러 보지 못한
그 이름을 찾는다

잃어버린 나를 찾아
밤을 새워 외친 이름

산 넘고 물을 건너
이리저리 떠돌다가

이 아침
나를 부르는 소리
꿈 밖에서 대답하네

저 멀리 두고

하루 종일 오는 비에
그 좋던 꽃잎 다 떨어진다

비바람에 젖은 나무
초록빛을 더해 간다

그리움
저 멀리 두고
빗길 홀로 걷는다

바다

예전에는 그리울 때만
바다 홀로 찾았지만

지금은 외롭지 않아도
만나고 싶은 그 바다

아무도
기다리지 않고
밀물 썰물만 오가도

술래

문밖에서 서성이는
그림자도 없는 바람

문을 열면 흔적 없고
들어오면 기척 있어

숨었다
술래를 잡으면
청솔가지 걸린 달

미몽迷夢

바닷가를 거닐다가
산속에서 길을 잃어

손만 잡고 걸어와서
상하좌우 분간 못 해

잡은 손
어디다 두고
부르다가 깨는 꿈

달빛

새벽 단잠 깨우는가
바람 없이 내린 달빛

꿈도 아닌 창문 넘어
흰 눈인가 꽃잎인가

밤새워
뒤척이다가
다시 찾는 새벽길

두통頭痛

눈 감으면 찔러 오고
눈을 뜨면 숨는 미련

떠나려도 발목 잡고
돌아서도 가로막아

차라리
친구가 되어
같이 가면 어떨까

강노을

갈대숲에 뿌린 노래
강노을에 묻혀 와서

바람 이는 산모롱이
푸른 솔에 앉았구나

그리운
가락을 품고
바위산을 부른다

처음 불러 보는 이름

처음 부른 이름인데
숨찬 세월 숨어 있어

사랑한단 단 한마디
목이 말라 삼킨 강물

갈대숲
불타오르는
눈망울을 적신다

이사移徙

함께 살며 키운 정을
다 버리고 떠나간다

함께 숨 쉰 시간들도
따라올 줄 모르겠지

때 묻은
기억만 묶어
고개 돌려 싣는다

짐

세월 따라 걷는 발걸음
오늘 더욱 무겁구나

빈 어깨에 빈손인데
무슨 짐을 부렸기에

저만치
고갯마루도
자꾸 멀어지는가

그림자 1

천천히 걸어가자
가쁜 숨도 가지런히

온몸을 저며 오는
못 다한 사연들을

남은 길
길게 늘여서
함께 가며 풀도록

그림자 2

떠나올 때 부리고 온 짐
숨어 몰래 붙어 왔나

혼자라도 무거운 밤
팔짱 끼고 함께 걸어

지치고
주저앉는 몸
일으켜서 토닥인다

사랑의 이율배반

사랑의 이율배반
가깝고도 머나먼 길

눈 감으면 함께 있고
눈을 뜨면 아득한 저편

잡은 손
잠시 놓으면
밀려오는 그리움

장승

발걸음은 이쪽으로
그림자는 저쪽으로

바람은 동쪽에서
강물은 서쪽에서

땅거미 지는
갈림길에서
장승으로 섰는가

무명초無名草

호명呼名하지 않았는데
눈을 뜨고 일어선다

아무 질문 없었는데
손을 들고 대답한다

바람도
불지 않는 벌판에
작은 꽃을 피운다

부답不答

자는 듯이 눈을 감고
불러도 못 듣는 척

안으로 타는 가슴
겉으로는 차가운 양

행여나
발걸음 돌려
아주 갈까 맘 졸여

갈증 1

마시고 또 마셔도
잠 모르는 어리석음

껴안아도 떠밀어도
떨어지지 않는 집착

샘솟는
그리움만으로
채울 수 없는 빈 가슴

갈증 2

마실수록 목마르고
안 마시면 속이 탄다

언제 오나 기다리는
조바심이 자라나서

부어도
적셔지지 않고
마냥 흘러넘친다

등대燈臺

가고 싶다 보고 싶다
그리움은 끝이 없고

언제 오나 애태우는
기다림은 서럽구나

앉지도
가지도 못한 채
맴을 돌고 있는가

다짐

천천히 걸어가자
미련 후회 내려놓고

오늘을 소중하게
내일은 겸손으로

아무리
어려운 일도
달게 받아 삼키리

손금

마주치지 않아도
소리 나는 손바닥

땀 밴 깍지 손 사이
흐르는 손금 속 강물

추억의
책갈피마다
그려 놓은 느낌표

손

꿈속에서 멀어지자
깜짝 놀라 뒤따라가네

숨차서 잠시 선 사이
그림자도 안 보이네

깨어나
놓친 손 만지며
다시 꿈길 찾는다

사랑이란 두 글자

뜨겁게 차오르던
노랫말이 생각 안 나

머리카락 쥐어뜯고
이리 비틀 저리 비틀

끝나는
마지막 소절
사랑이란 두 글자

자조自助

바람 따라 인연 따라
꽃이 피고 열매 맺고

우연이든 필연이든
자기 하기 나름이라

하늘도
스스로 돕는 자만
도와주고 힘을 주지

옹달샘

오솔길 혼자 갈 때
빈자리를 몰랐으랴

외로움 절절하여
몰래 삼킨 그 눈물이

이제는
함께 뛰는 가슴속
솟아나는 옹달샘

사랑꽃

어둠 속에 잉태되고
빛을 찾아 싹이 트는

사랑으로 부는 숨결
존엄한 생명의 빛

눈 부서
보지 못하고
가슴 먼저 피는 꽃

짝사랑

짝사랑은 기다리는 일
기다림은 그리워하는 일

기다리다 그리다가
꿈속에서 뵐지라도

눈 한번
마주치지 못하고
길을 비켜 숨는다

밤기차를 기다리며

흔들린다 휘날린다
얼굴들이 사연들이

떠나고 돌아오고
헤어지고 기다리고

회오리
일지 않아도
휘감아 도는 그리움

나잇값

헐레벌떡 뛰어와서
떠나는 차 얻어 타고

앉을 자리 어디 없나
이편 저편 눈치 보네

차창 밖
비치는 그림자
나잇값 좀 해라 하네

자리

옛글을 읽다 보니
제자리 찾기 어려워라

빈자리는 임자 있고
앉을 자리 다툼 있어

서 있는
이 자리마저
비켜 주고 보낸다

반달

젖무덤 산등성 사이
휘영청 반달 걸려 있네

오늘이 처음인 양
손 내밀어 휘저어 보니

저만치
비켜 가는 구름에
가쁜 숨결 감추네

꿈속에 부르는 노래

자다 깨고 가다 서고
꿈속의 꿈 오락가락

둘이 함께 길을 가다
혼자 남아 헤매다가

목 놓아
부르는 노래
메아리도 잠든 밤에

강江

아직도 갈 길이 멀다
뒤돌아보지 않는 강물

굽이굽이 돌고 돌아
아래위로 나뉜 물길

노을 진
산그늘 허물고
핏빛 신음呻吟 삼킨다

이별의 풍경화-1960년대 남해 노량부두

말 한마디 못 하고서
먼발치서 헤어지고

수평선 바라보며
누가 볼까 남이 알까

연락선
뱃고동 소리에
뛰는 가슴 숨기고

떠나온 길을 찾아

구름이 달을 가려
그림자를 지운 새벽

외진 언덕 굽이마다
넘어지며 떠나온 길

넋 놓아
헤매다 일어선
그 길 찾아가는 길

빗길

비 오는 날 십 리 길을
홀로 걸음 할 수 없어

돌아보며 멀어지는
안타까움 가슴 맺혀

잠시도
눈을 뗄 수 없는
빗길 속을 걷는다

길을 찾아서

첫눈 오는 새벽길을 나 홀로 떠났었지
뒤로 남긴 발자국은 흐트러짐 없었던가
길 찾아 다시 걷는 이 길
그 길인지 모르겠네

그 길에는 푸른 솔이 길섶에는 민들레가
이름 모를 산새들도 깃을 치고 사는 숲길
바다가 보이는 언덕에는
마르지 않는 옹달샘이

내가 가는 이 길 따라 누가 앞서 걸었을까
길을 찾아 떠난 사람 샛별 낮달 길벗 삼아
바위산 넘어온 바람에게
갈라진 길 물었을까

저 고개를 넘어서면 바다일까 강물일까
젖은 풀섶 헤쳐 온 길 돌아보면 길이 없어
날마다 떠나는 길목마다
조약돌을 박아 둘까

벼랑 끝에 잠이 들어 오솔길로 들어서니
어디론가 뻗은 길이 물안개에 젖어 있네
아련한 그리움 안고
저 길 따라 가야지

꿈속에도 찾던 길이 알고 보니 항상 곁에
굽이굽이 돌아온 길 기껏해야 한나절 길
남은 길 지친 나래 펴고
다시 한번 날아 보자

기다림

기다리다 잠이 들면 짧은 꿈속 긴 이야기
다정하게 불러 주는 낯선 사람 몰라보고
깨어나 그를 찾으면
지금 바로 떠난 사람

가만히 숨죽이며 숨바꼭질하는 꿈길
기다리다 숨이 차면 서로 찾아 부딪히고
다시는 놓치지 않으려
파고드는 가슴속

오는 길을 모르는가 돌아갈 길 걱정하나
왔다가 발이 묶여 주저앉길 바라시나
땅거미 지는 세 갈래길
눈을 떼지 못하네

또 만나도 처음인 듯 바라보기 수줍어라
기다리는 잠시라도 언제 오나 안절부절
살며시 뒤로 다가와
얼굴 등에 묻는다

허공

내 사랑은 눈이 멀어 보지 않고 볼 수 없고
내 원망은 귀가 멀어 듣지 않고 듣지 못해
오로지 허공을 잡고
휘휘 저어 보는가

그대 손을 빌려 다오 무릎 살도 대어 주오
돌아오는 빈손에다 기댈 만한 언덕 없어
허공을 떠도는 노래
마냥 흘려보낸다

초승달이 차오르듯 자라나는 그리움이
텅 빈 가지 사이사이 까치집을 지어 놓고
해 저문 나루터에 서서
소식 오길 기다린다

밀물 썰물

정을 실어 보낸 구름 햇살 받아 무지개 빛
해 저무는 수평선은 붉은 노을 토해 내고
긴긴 밤 서성거린 창가엔
달무리가 피더니

그리움이 파도 되어 뭍을 찾는 달빛 따라
밀려왔다 스러지는 끊임없는 몸부림은
아무도 잠재울 수 없는
영겁으로 부는 바람

일어났다 주저앉는 어리석은 안타까움
헤어지기 잠시라도 아니 뵐까 조바심만
차라리 바다를 막아
두 눈 뜨고 보내리

얼굴

한 발짝도 떼지 못하고 속절없이 주저앉아
허공을 휘휘 젓고 밀려오는 어지럼증
흔들어 떨쳐 내어도
덮쳐 오는 그리움

한 발짝만 물러서도 잘 보이는 얼굴인데
가까이서 껴안으면 형체 없이 사라지네
차라리 멀리 떨어져
불러 보면 어떨까

밤새워 그린 얼굴 아침이면 가물가물
숨죽이다 내비치는 한낮 햇살 사이사이
저녁놀 가슴에 물들면
다시 살아오려나

기억 저편의 노래

오래 묵은 책갈피에 끼워 놓은 잎새 꽃잎
어린 살은 바랬지만 실핏줄은 살아 있어
아득한 기억 저편에서
남은 숨길 찾는다

여기저기 피어나는 기억 저편 풀꽃들이
너도나도 손짓하는 아지랑이 피는 언덕
책갈피 사이사이로
그리움을 묻었지

반쯤 접힌 기다림이 시퍼렇게 눈을 뜨고
먼지 쌓인 기억 저편 음정 박자 더듬어서
안으로 삼킨 그 노래
목메게 부른다

제2부

누항陋巷

형亨

누항陋巷

바람이 불어오면
파도가 밀려올까

구름 없는 염천백일炎天白日
바다도 숨을 죽여

한 조각
그늘도 없는 거리
폭양曝陽 속에 숨는다

복伏날에

혀를 물고 버틸 건가
무릎 꿇고 엎드릴까

소금기 절은 몸뚱아리
사람 노릇 마다하네

땀방울
내를 이루어
개헤엄을 치는가

열풍熱風

어디서 불어오나
불꽃 없는 이 바람은

그늘까지 파고들어
불볕으로 몰아세워

그리운
이름마저도
함께 살라 버리네

열해熱海

불이 두 개 포개지면
더울 염炎자 이루고서

불 한 개 또 더해져
불꽃 염焱이 타올라도

태울 수 없는
가슴속 바다
일렁이는 파도여

피서避暑

나무 목木자 둘이 합해
수풀 임林을 일군 뒤에

나무 하나 더 심어서
푸른 삼림森林 우거지면

그 숲속
흐르는 물에
발 담그고 쉬리라

그냥 서서

시국도 갑갑하고
가슴도 답답하네

주저앉을 수도 없고
뛰쳐나갈 수도 없네

잠들지
못하는 이 밤
그냥 서서 지새울까

적막강산寂寞江山

폭염에 텅 빈 거리
가로수도 숨죽이고

한 시절만 울고 가는
매미 소리 요란하다

사람이
사람 노릇 못 하는 강산
사람 소리 어디에

실종失踪

어디로 사라졌나
꿈에서도 안 보이네

옳은 말 바른 행실
실종되고 없는 계절

거짓이
활개를 치며
서툰 칼을 휘두른다

뻐꾹새

새벽부터 뻐꾹뻐꾹
한낮에도 뻐꾹뻐꾹

켜켜이 쌓인 연모
받아 줄 임 찾지 못해

폭염에 지친
작은 숲까지
헤매다가 뻐꾹뻐꾹

창窓

창을 열고 눈을 감고
그리운 이름 불러 본다

바람에 몸을 싣고
바다 건너 오신 몸이

그 이름
잊어버렸나
창을 넘지 못한다

보릿고개

보리밭을 모르는데
보릿고개 알겠는가

그 고개를 넘어서려
고향 땅을 떠난 일도

아무도
일러 주지 않아
고개 넘지 못한다

하지夏至

더위 이제 시작인데
벌써 여름 끝이라네

낮이 가장 길다 하여
집에 들길 마다하네

새벽길
서늘한 귀로
여름 끝이 맞나 보네

신록新綠

엊그제 피고 지던
꽃잎은 간데없고

밤새워 솟아오른
그리움만 파릇파릇

어디다
감출 곳 없어
바람결에 내민 가슴

여름밤

바람 한 점 없는 밤길
땀에 절인 몸뚱아리

돌고 돌아 만난 강물
지난 세월 잊게 하네

여름밤
짧은 만남도
기다림을 쌓는가

채송화

아침부터 퍼붓다가
낮에 잠든 장맛비가

오락가락하는 사이
채송화가 눈을 뜨고

진 땅에
몸을 적신 채
빛을 먼저 뿌린다

장마

온종일 질척거려
마음마저 축축한 날

이럴 때는 마주 앉아
먼 바다를 그리면서

빈 어깨
서로 기대고
젖은 몸을 말릴 걸

박꽃

그립구나 빛바랜 세월
보고 싶다 그 얼굴이

해맑은 미소 띠고
하얀 머리 하늘 이고

함초롬
젖은 얼굴을
환히 밝혀 피었지

여름밤의 추억

모깃불 피워 놓고
대 평상에 드러누워

북두칠성 헤아리다
은하수도 건넜었지

아침을 깨우는
이슬방울
나팔꽃에 맺혔지

봉숭아

아는 척하지 않아도
봉숭아가 피고 지네

건드리지 않았는데
씨 주머니 비워 놓고

스치는
바람결 사이로
임의 손길 기다린다

능소화

굴뚝새 지저귀는 새벽
비가 멎은 모양이네

어둑한 창문 너머로
밝아 오는 주황빛 미소

일어나
기지개 켜라
손을 뻗어 두드리네

물레방아

어떻게 만났을까
돌이켜도 알 수 없는

전설 속 수수께끼
돌고 도는 물레방아

깍지 손
풀지 못한 채
제 갈 길을 찾는가

건망증

손에 들고 찾다 보니
두 눈이 침침하네

가슴 오래 익은 이름
생각하니 까마득해

아무리
그리워해도
처음 만난 사람이네

산딸기

추억 저편 그리운 날
붉게 익은 산딸기를

가시덤불 찔리면서
피멍울도 새콤달콤

그것도
아픔이라고
삼키려니 목이 메어

가시

찔레 장미 탱자 유자
산딸기 복분자도

가시로 자라나서
꽃과 열매 키운 애모

사랑도
시퍼런 가슴에다
찔러야만 맺힐까

달팽이

어지럼증에 시달리다
내지르는 비명 속에

삼라만상森羅萬象 품고 사는
달팽이가 빙글빙글

맨정신
어디다 두고
미쳐 돌고 도는 춤

채색彩色

창밖에는 안개비가
가슴속엔 그리움이

젖은 몸 구석구석을
번져 가며 물들인다

푸른색
붉은색에다
눈물 더해 칠한다

점點

주룩주룩 장맛비가
먼 기억을 들춰 낸다

흠뻑 젖어 돌아선 길
기약 없이 손을 놓아

아득히
멀어져 가는
점 하나로 남았지

달맞이꽃

기다리다 꽃이 되어
바람결에 묻어 버린

그리웠다 한마디도
달을 보며 놓친 후회

뒤늦게
손을 흔들며
불러 보는 그 이름

살구

고향집 살구나무
주렁주렁 열렸는데

아무도 찾지 않고
비바람에 으깨어져

주황색
허기진 추억을
비켜 가며 줍는다

분수噴水

통곡으로 퍼내어도
다시 솟는 눈물바다

설움인지 기쁨인지
북받치는 가슴 가득

영원한
사랑의 샘물
반짝이며 솟아라

메꽃

꽃씨 어디서 날아와
송이송이 피는 메꽃

덩굴손 몰래 내밀어
창공을 감아 오르는 열망

보라색
꽃잎 꽃잎마다
맺혀 있는 푸른 꿈

길 없는 길

가시덤불 헤쳐 온 길
돌아보면 비단 숲길

뙤약볕에 벼랑 끝 길
꿈속에서 헤매 온 길

오늘도 걷는 인생길
찾아가는
길 없는 길

저녁노을

바다에서 부는 바람
하얀 머리 날리면서

기다림에 지친 바위
붉은 속을 뒤집어 놓고

무심한
저녁노을만
타오르게 하는가

까치

장맛비에 더 짙어져
숲을 이룬 창밖 뜰에

누구 소식 전해 주려
까치가 찾아와서

해맑은
물빛 하늘을
보라 하고 날아가네

연륜年輪

바다가 왔다 가고
누런 달 찼다 기울어

잴 수 없는 그 순간을
쓸어 모아 담은 세월

비우면
늘어나는 여분餘分
채우면 줄어드는 나이테

긴 가뭄 끝에

낮엔 폭염 밤엔 열대야
한 철 내내 이어 와서

샘솟듯 한 기다림도
비틀어져 말라 가고

그리운 사람
얼굴마저도
가물가물해진다

수평선

언제 우리 처음 만났나
하늘 끝에 누운 당신

솔바람 타고 날아온
밝고 환한 이름으로

우리는
언제 다시 만날까
꽃 피는 내일의 바다에서

눈물 자국 어린 얼굴
가슴에다 묻어 둔 채

가만히 두 손 잡고
하늘과 숨결 가지런히

해 지는
저녁놀 만나
붉게 타는 수평선

꿈길에서

젖무덤 닮은 봉우리
마주 보는 골짜기에

바람같이 오고 가며
짓고 쌓은 이야기들

꼭 잡은
두 손을 풀어
꽉 껴안고 뒹구는 꿈

애기 동백 치자 꽃 피고
소쩍새 우는 보금자리

기다림도 헤어짐도
그리움만 더한 만남

눈 감고
더듬어 찾는
숨결마저 뜨거운 꿈길

나팔꽃

창문 밖을 맴돌면서
별을 보다 그리다가

그림자도 안 보이고
별똥별만 안타까이

은하수
넘실대는 파도 넘어
동녘 하늘 붉어라

기다리다 창을 열고
새벽별을 세는 사이

팔도 없이 몸을 감고
간지럼을 태우는 손

어느새
햇살 사이로
나팔 불며 피는가

수세미

고향집 우물가에
수세미가 열렸었지

물외처럼 생겼다고
본이름은 수세미외

가슴속
가녀린 실핏줄 덩이
수세미가 되었지

풀인지 나무인지
높이 멀리 감아 올라

한 줄기에 암꽃 수꽃
같이 피어 맺은 사랑

덩굴손
허공에 저으며
가을 하늘 불렀지

꿈속의 꿈

생각 밖에 생각나는
어느 날 꿈속의 꿈

물구덩이 뛰어넘고
불길 속을 헤쳐 나와

산 넘어
바다에 누워
하늘 끝을 휘젓고

아무리 외쳐 봐도
아무도 기척 없고

첩첩이 밀려오는
검은 파도 붉은 화염

한 줄기
남은 숨길로
빛을 찾아 깨었지

검은 꿈

어둠의 검은 장막
질기고도 끈끈했지

두 손 두 발 두 다리를
꽁꽁 묶은 그 결박을

흩 날개
외눈박이로
끊고 풀어 날았지

검은 눈길 걸어가며
지나온 길 돌아보니

그믐밤에 별도 죽은
진창길에 온몸 묶여

가슴속
새긴 이름으로
먼동 트길 바랐지

종소리

어둠 뚫고 울려 퍼져라
먼동도 트기 전에

닭 울음도 없는 마을
새벽길도 아득한데

일어나
높이 날아라
빛을 뿌려 깨웠지

끊어질 듯 이어 온 길
돌아보면 없는 길을

네발로 기어 왔나
날개 품어 날아왔나

어둠 속
종소리 찾아서
성긴 빛을 따라서

전설傳說

우물가에 심어 놓은
수세미가 자라나서

보이지 않는 손을 내어
두레박줄 칭칭 감아

맨 먼저
물 길러 온 소녀
얼굴 붉히고 돌아섰지

소 먹이러 가는 산길
백일홍이 피는 언덕

솔 그늘 바위 아래서
이름 몰래 부른 소년

산 노을
물드는 얼굴에
숨소리도 숨겼지

덩굴손의 노래

어디에다 숨겼을까 천하장사 어린 손을
한번 쥐면 놓지 않고 쇳덩이도 녹이는 힘
손바닥 보이지 않고
가느다란 솜털로

손바닥에 심은 사랑 여린 손에 감춘 사랑
그리움을 거름 삼아 기다림을 세워 놓고
바람에 꺾이지 않는
줄기마다 맺힌 정

간밤에 기운 달이 너무나도 안타까워
손짓 발짓 다해 가며 발목 허리 휘감고서
아침놀 퍼지는 동녘에
샛별 찾아 오른다

부질없는 돌팔매질 과녁 없이 보낸 화살
꿈길인가 길 막히고 시위 잡다 놓친 허공
나 혼자 설 수 없는 숙명
기댈 언덕 어디에

귓전으로 전해 오는 소리 없는 간지럼이
꿈틀대는 발가락 타고 꼬마 손을 불러낸다
마침내 감춘 손 내밀어
숨은 사랑 찾을까

돌덩이도 마다 않고 삭정이도 껴안는다
기다리다 끊긴 숨결 그리다가 잃은 체온
뜨겁게 칭 칭 칭 감아서
초록 핏줄 잇는다

쌍무지개

꿈길인가 어린 날에 소 먹이는 언덕에서
비 갠 다음 물빛 하늘 손짓하던 쌍무지개
산 넘어 바다 보이는
옹달샘서 솟았나

언덕을 마주하고 기다림만 키운 세월
지름길도 마다하고 돌고 흘러 만난 그 길
첫걸음 디딘 자리에
두 손 잡고 섰는가

다 주어도 차오르고 다 받아도 비어 있는
뛰는 가슴 꽃 피우고 그리움이 노래되어
잡힐 듯 멀어져 숨은
산 그림자 쫓는다

섬

같은 하늘 머리에 이고 섬으로 마주 서서
꽃씨 실은 바람결에 그리움만 주고받고
수평선 타는 노을에
붉은 가슴 묻었지

누가 보내나 하얀 물결 빈 가슴에 밀려오네
안으로만 삼킨 울음 꽃망울을 피워 놓고
보낸 이 찾지 못한 채
멀어져만 가는가

바다 멀리 꽃구름을 토해 내는 뭍을 향해
손 내밀면 잡힐 듯이 눈 감으면 따라오네
어디쯤 가다 손 흔들면
다시 멀어지는 너

물빛 하늘

언제나 비워 두어 바람 이는 그 자리에
늘 푸르고 반짝이는 바다가 밀려와서
해맑은 물빛 하늘을
쓰다듬어 찾는가

바다가 나를 불러 단숨에 달려오니
기다리는 바윗돌에 파도만이 부서지고
외로운 바다 구름만
물빛 하늘 그린다

바다 구름 헤매 온 길 돌아보니 겨우 한 뼘
끝 모르는 물빛 하늘 딛고 서니 반 발자국
이제야 꽃 피는 바다를 만나
첫 발걸음 내딛는다

반짝이는 바닷소리 쟁쟁이는 햇살 사이
꿈이 살아 숨을 불어 물빛 하늘 비상하는
그대 안 바다 구름은
영원토록 흐르리

제3부

마애석불
磨崖石佛

이利

마애석불 磨崖石佛

물어물어 찾았는데
검버섯 핀 채 말이 없다

손바닥을 마주하고
가야 할 길 물어보니

이끼 낀
손을 내밀어
빈 하늘을 가리킨다

구도 求道

오늘도 어제 걷던
그 길을 가는구나

내일도 오늘 가는
이 길을 갈 것인가

벗어나
가시덤불 헤치며
딴 길 찾고 싶어라

끝없는 길

가고 가도 끝없는 길
막다른 길에 새 길 나고

갈라진 길 원망하다
그리운 사람 만나는 길

타는 속
다 헤집어 놓고
다시 부는 바람길

잠자리꽃

흔들리는 바람결에
잠자리가 날아든다

저리 푸른 하늘 아래
이리 노란 꽃을 피워

폭염에 지친
밭두렁 길
가을 불러오는가

기약期約

폭염의 끝머리에
지난봄을 돌아보네

오는 가을 좋은 날에
만날 날을 기다리네

이 아침
선선한 바람도
그리움을 전해 주네

코스모스

헤어진 그 자리에
코스모스 심었나요

다시 온단 기약 없이
돌아서서 떠난 임을

못 잊어
노을 진 들녘에
흔들리는 그림자

원점原點

추웠다 더웠다가
오고 가는 세상사를

내 뜻대로 멈춰 서서
여길 보라 저 길 가자

돌아서
이른 그 길은
내가 멈춘 그 자리

해무海霧

때로는 가까이서
때때로는 저 멀리서

다가오다 멀어지고
사라지다 나타나서

사무친
그리운 정을
바람결에 전한다

헛웃음

맨정신에 잠 못 들어
억지 술을 한 잔 두 잔

혼자 삼킨 헛웃음이
마른 가슴 적시면서

빈 잔에
채워지지 않는
그리움을 마시네

사이비似而非

남 탓으로 돌려 놓고
자기 탈은 감춰 두고

겉으로는 달콤한 말
안으로는 악취 가득

바람은
분별도 못 하고
향기 섞어 뿌린다

백일홍百日紅

불볕더위 밭두렁 길
배롱나무 붉은 꽃잎

석 달 열흘 피어나서
백일홍이 다른 이름

세상사
화무십일홍花無十日紅
믿어야만 하는가

전령傳令

열대야에 뒤척이다
어스름한 새벽 꿈길

달궈진 창 두드리는
풀벌레 우는 소리

요란한
매미 울음 사이로
가을 온다 전하네

고개

혼자서 짊어진 짐
아직도 못 부리고

구부정한 그림자와
같이 지고 넘는 고개

무겁다
가벼워졌다
추웠다가 덥다가

자귀나무

보고 싶다 잊고 싶다
하소연하고 입 다문다

가지런히 머리 빗고
그리운 정 삼키는가

연분홍
꽃잎 사이로
흔들리는 그 얼굴

중심中心

산 입에 거미줄 치랴
중심 잡고 살아야지

사람답게 사는 일이
힘들고 고단해도

인생길
동반자 되어
꿋꿋하게 걷는다

소식

간밤에 뜬금없이
소나기가 오더니만

오늘 아침 선선한 게
가을 온다 알려 준 듯

그리움
가득 담긴 소식
전해 줄 날 가까이

호수

멍하니 바라보면
구름이 흘러간다

그리움이 솟는 자리
푸른 산이 내려앉아

저녁놀
물들 때까지
동심원을 삼킨다

스무고개

아직도 풀지 못한
수수께끼 인생살이

이래저래 지레짐작
잘 아는 척 헤맨 세월

잡힐 듯
넘을 듯하다
멀어지는 스무고개

가을 소식

지난밤 바람 불고
비도 간간 내리더니

창밖에 앉은 까치
가을 소식 전해 주네

만날 날
기다리면서
짧은 밤을 새운다고

가을꽃

기다리지 않으려고
바다로 와서 보니

밀물 썰물 오가면서
기다림만 쌓는구나

되돌아
갈 수 없는 그 길에
가을꽃이 피겠지

남행南行

아득하고 허전한 날
아련한 추억 찾아

흰머리 휘날리며
남녘으로 떠난 발길

고향 땅
저만치 두고
돌아서는 그림자

독서讀書

책 읽어서 무엇하나
꾀만 늘고 머리 굴려

남 해치며 제 살자고
온갖 짓을 마다 않네

차라리
다 떨쳐 버리고
노는 것만 못하리

위선僞善

자신도 속이면서
남의 처지 잘 아는 체

속으로 박수 치고
겉으로는 눈물 보여

환하게 핀
꽃도 못 본 척
그냥 스쳐 지나간다

왜곡歪曲

해 뜨는 쪽 향했는데
해 저무는 길 가고 있네

똑바로 난 길 걸었는데
언제 누가 구부렸나

귀신이
활개를 치고
이정표를 바꾼다

메아리

하늘은 푸르건만
눈이 시려 못 보는가

바닷소리 가까운데
귀가 먹어 못 듣는가

아무리
외치고 불러도
달아나는 메아리

부화뇌동附和雷同

나뭇잎이 등을 보이고
배반의 깃발 펄럭인다

한 줄기 바람도 없는 터에
바람 탓을 할 수 있나

낮술에
취한 몸 비틀며
귀 눈 막고 흔든다

불면不眠

진짜가 바보 되고
가짜가 판을 친다

사실을 매장埋葬하고
거짓이 곡哭을 한다

밤새워
뒤척이는 동안
조각달이 기운다

파도

왔다가 돌아서고
돌아서면 다시 온다

야속해서 눈 감으면
지친 발목 휘감는다

천 갈래
갈라진 손으로
그리운 얼굴 찾는다

좋은 생각

좋은 것만 생각하자
축축하고 우울할 땐

반짝이는 남쪽 바다
아픔 없는 그리움들

아련한
추억 사이로
가슴 펼쳐 밀려든다

꽃 피는 바다

떠나고 돌아오고
마중하고 또 보내고

기다리는 고갯마루
달이 차고 기울었다

그리움
꽃으로 피어
바다에서 만나리

인생의 길

아무도 대신 질 수 없는
내 인생의 짐 안에는

무엇이 숨어 있어
무겁다가 가볍다가

벗지도
주저앉지도 못하고
즐겨 함께 걷는 길

외면

모르는 척 지나가고
알았을까 돌아본다

나뭇잎이 바람결에
등 안 보이게 흔들리듯

머리칼
어루만지며
뒷모습을 숨긴다

노자老子 말씀

분노의 강 건너올 때
노자 말씀 배웠었지

아는 자는 말이 없고
말하는 자는 모르는 자

아래로
흐르는 물보다
고귀한 것 없다고

추억

창밖에는 빗줄기가
어지러이 떨어지고

멀어져 간 추억들이
꿈틀대며 다가선다

살며시
팔짱을 끼고
함께 떠나가고파

심연深淵

잠들지 않는 바람 앞에
까딱 않는 깊은 몽매蒙昧

쏟아지는 폭포 물로
채워지지 않는 갈증渴症

산 노을
가슴에 토吐하고
그리움을 삼킨다

미련

미운 정도 그냥 두고
길 떠나기 아쉬운지

지고 가나 안고 가나
무게 없는 그 사슬이

아무리
벗어 버리려 해도
목을 감고 오른다

화살나무

이른 봄에 새잎 따서
나물 반찬 하던 싹이

무성한 줄기 되어
화살대로 자랐구나

쏠 화살
저리 많은데
당길 활은 어디에

문자 文字 편지

울려오면 설레고
안 오면 기다린다

아침저녁 인사말도
빠뜨리면 서운하다

밤새워
썼다 지우는
처음 같은 연애편지

머리로 그린 얼굴

길을 떠나 가다 보니
만날 사람 모르겠다

머릿속에 그린 얼굴
가슴에는 닿지 않아

한 줄기
바람만 불어도
먹먹하게 서 있다

들꽃

다투지 아니하고
여러 다른 꽃이 핀다

탐하지 아니하니
맺는 열매 풍성하다

저마다 지닌
가락 따라
노래하며 춤춘다

손을 흔들면

기다리는 사람 없이
종일 문밖 바라보다

마주 오는 낯선 사람
언제 본 듯 익은 얼굴

일어서
손을 흔들면
못 본 듯이 비껴가네

가만히 눈만 감아도
밀려오는 파도 타고

손 흔들면 다가오는
그리움이 기다리네

행여나
모른 채 지나갈까
눈을 뜨지 못하네

벽공 碧空

늘 함께 있는 그대여
그대 있어 이 가을이

눈부시게 푸르렀다
늘 사랑하는 그대여

아무리
부르고 또 불러도
가이없는 그리움

그대 있어 내가 있고
내가 없이 그대 없어

남은 길 함께하여
저 산맥을 넘어가자

가다가
큰 바다 만나면
꿈속에서 날아 보자

처서 處暑

잘 가시오 서운해도
뒤돌아보지 말고

깨끗한 이별 뒤에
미련 없이 부는 바람

더위가
떠난 그 자리
고추잠자리 앉는다

가야 할 길 알지만은
뜨거운 정 발목 잡아

두 손 놓지 못한 사이
눈시울이 축축해져

가을이
물빛 하늘에
얼굴 슬쩍 내민다

무지개다리

물빛 따라 흘러가다
폭포 되어 쏟아지고

바위 더미 휘휘 돌아
수정 같은 심연 위로

그리움
소용돌이치며
다리 위로 솟는가

바다 구름 하늘 따라
이리저리 흘러와서

뻐꾹새가 깃을 치는
솔숲 위에 걸렸구나

낮달도
하얀 나래 접고
비스듬히 앉는다

해당화

새벽이면 찾아오는
어린 소녀 사랑 얘기

수줍음이 옷을 벗고
꽃봉오리 고개 들면

아득한
하늘 바다에
아침노을 퍼진다

개구쟁이 어린 소년
욕심 없는 어린 소녀

쏟아지는 금가루를
풀잎처럼 뿌리면서

눈부신
햇살 사이에
마주 보고 피는가

바람

지금 이곳 내일 되면
저곳 내일 어제 되고

걷고 걷고 걷다 보면
험한 산길 넘어가리

내일에 부는
거친 바람도
오늘 가면 지난 바람

이마에 닿는 바람
먼 산을 넘어와서

새벽길을 재촉하네
옷자락에 펄럭이네

잡힐 듯
가까이 오는
저 바다를 밀어내며

구월九月에

고추잠자리 하늘거리는
코스모스 피는 길섶

먼 산이 다가서고
초록빛이 엷어진다

누구를
기다리는가
땅거미가 지는데

가을이 오는 소식
숨죽이며 기다리다

쓰르라미 우는 소리
그냥 스쳐 지나간다

지난 봄
떠나간 사람
아직 잊지 못하고

의리義理

사람이 살아가면서
마땅히 지켜야 할 도리

그러나 이익 앞에
검정받고 통과해야

누군가
의리 있는 사람
찾기조차 어려워

서로를 알아주고
믿어 후회 없는 의리

어지러운 세상사에
사람답기 어려우나

한 줄기
빛으로 남아
어둔 세월 밝힌다

사랑의 길

언제 떠난 길손인데 이제 겨우 산허리에
끝도 뵈지 않는 길에 길섶 이슬 다 적신 몸
이고 진 짐 무겁지 않은
아직도 먼 사랑의 길

사랑 찾아 가는 길이 이렇게도 까마득한 줄
그리움도 기다림도 오늘에야 마주 앉아
인고의 나이테를 돌아
오직 한 길 찾는다

우리가 걸어온 길 맑고 곧은 길이기에
때로는 비바람에 자갈길도 멀었지만
푸르고 환한 그 꿈을
간직하고 걷는다

날마다 찾는 그 길 지나온 줄 모르고서
새벽부터 길을 나서 안 가 본 길 찾았었지
그토록 낯익은 길을
몰라보고 스치다니

함께 가면 길이 짧아 기우는 달 원망하고
혼자 걷는 지름길은 밤새 가도 아득했지
이리도 가까운 길을
굽이 돌아 왔을까

두 손 잡고 팔짱 끼고 그림자도 하나 되어
고개 넘고 다리 건너 서로 업고 가는 길은
지난날 뒤돌아보지 않는
앞만 보고 가는 길

아지랑이 속에는

아득한 기억 속에 사라져 간 아지랑이
길이 갈린 여울목을 휘감아서 돌아오네
물소리 잠긴 구름다리
물안개를 헤치고

보고 싶다 전하고 싶다 기다리는 이 마음
넘고 싶다 날고 싶다 아득한 저 산꼭대기
아찔한 벼랑 끝에서
솟아나는 무지개

동구 밖에 서성이며 찔레꽃을 피운 바람
보내고 떠나가고 돌아오는 길을 잃고
목말라 달무리 마셔 온
옹달샘을 찾는다

비 갠 산등성이 스며드는 얇은 햇살
기다리지 않는 다리 돌아갈 수 없는 세월
잡힐 듯 안길 것 같은
흔들리는 그림자

고백 告白

가을 강 나루터에 기다리다 마주쳐서
처음인데 낯이 익어 두 손 덥석 잡았었지
귀밑을 물들이면서
비켜서는 강노을

아무것도 줄 수 없어 바라보면 서글프고
바라는 것 없으면서 가슴속은 비워 둔다
그림자 주고받으며
눈길 마주 못 하고

눈을 뜨면 안 보이고 눈 감으면 더 잘 보여
가까이 다가가려 더듬는 듯 팔짱 낀다
노을빛 젖은 눈망울
눈부신 줄 모르고

노을

호랑이 장가간다는 가녀린 빗속 햇살 무늬
가까이 온 겨울 산이 바위 가슴 드러낸다
한 손은 청하늘 받치고
또 한 손 빈 허리 감아

차창 너머 어린 얼굴 환하고도 모자라서
천릿길을 이어 놓고 한걸음에 달려오네
얼었던 세월의 빗장
두 팔 벌려 열면서

비 개고 바람 그친 저문 하늘 저쪽에서
다소곳이 다가오는 산 그림자 눈이 부셔
이대로 두 눈을 감고
비단이불 펼친다

제4부

전별餞別

정貞

전별餞別

잘 가오 잘 계시소
외면하며 주고받고

다시 보잔 기약조차
바람 속에 묻어 둔 채

백일홍
흐드러진 언덕길을
먼 산 보며 보냈지

폭양을 마다 않고
뒤돌아서 떠나갔지

그늘 한 점 없는 길에
이정표는 지워지고

멍하니
흙먼지 바람 이는 날
앞만 보고 걸어갔지

첫눈

첫눈 오면 만나리라
두 손 잡고 맞으리라

흑백사진 창을 열고
함박눈이 내리는 날

하얗게
바랜 추억이
꽃송이로 피어난다

눈이 내리네 시름없이
첫눈인데 함박눈이

벌거벗은 처녀나무
면사포로 덮어 주고

날리는
머릿결 따라
그리움이 출렁인다

인생길

길 떠날 때 저 봉우리
금방이라도 오를 듯하고

굽이굽이 돌아 저 바다
조금만 가면 만난다 했지

갈수록
물러나면서
손 흔드는 인생길

어디서 불어오나
이 따뜻한 바람은

언제부터 동행했나
이 다정한 그림자는

몰라도
그 답 찾지 못해도
함께 걷는 인생길

달

갈 곳 없이 떠나고 나서
이리저리 헤매다가

끊어진 듯 이어진 길에
마주 뜨는 달을 만나

걸어온 얘기
주고받으며
함께 찾는 새로운 길

이리저리 여기저기
기고 걷고 뛰고 날고

지나온 길 돌아보니
사라지고 물안개만

잊었던 이름
불러 보니
달그림자 돌아보네

바둑

이기고 지는 싸움
인생살이 닮았는가

셈이 다른 흑백논리
침묵 속의 수순 행마

회심會心의
승부수 띄워
뒤집기도 하는 생사生死

장고長考 끝에 악수惡手 두고
빠른 손길 패착敗着 된다

때로는 패覇가 나서
가야 할 길 찾지 못해

다 잡은
판을 놓치고
후회하는 인생사人生事

새로 난 길

오늘따라 새벽길이
어두워서 더딘 발길

미명 저쪽 엷은 빛이
겨울 안개 묻혀 와서

밤새워
나목으로 선 그림자
새로 난 길 비춘다

새로 난 길 돌아드니
하늘빛이 너무 고와

오고 가는 철새들은
나래 쉴 데 찾지 못해

달 따라
흰 구름 따라
바닷길을 떠돈다

밤길

돌아보지 말자 해도
자꾸만 뒤돌아서서

혼자서만 헤매 온 길
눈을 감고 바라보네

새벽이
눈 뜨는 바다
두 손 잡고 가리라

어둔 밤길 멀고 먼 줄
밤새우고 겨우 알아

혼자 남은 빈자리에
눈물 자국 반짝이나

오는 봄
짧은 밤길엔
결코 놓지 못할 손

아내의 노래

아내여 창문을 열고
새벽하늘 바라보자

동트는 겨울 산등성이
인고 세월 넘어온 길

찬연한
아침노을 사이로
날아오는 파랑새

밤새 온 길 멀었나요
어둡고도 험한 산길

달도 없고 쉴 데 없이
가슴속 별 간직한 채

오로지
자식 사랑 하나
살아나기 했나요

나이

나이가 어떻게 되는지
선생님이 물어보신다

적은 나이 아니지만
가슴은 아직 뜨겁습니다

나이는
묶어 두고 있습니다
기다리는 사람 없더라도

나그네-고故 김종혁 선생을 기리며

뒤돌아보지도 않고
돌아온단 기약도 없이

그림자 길게 늘여
고갯마루 넘어서셨나

한 걸음
걸음마다에
그리움을 남겨 놓고

시어詩語

오랜만에 마신 술이
독하고 쓰디쓰다

시어 터진 언어들도
거침없이 내달린다

결박된
매듭을 풀어
벽을 타고 넘는다

사랑

세상만사 생각대로
뜻대로 되지 않아

분노하고 한탄하고
비난하고 남 탓한다

보아라
안겨 오다 뿌리치는
바다 같은 사랑을

추억 속에서

가까이 다가오다
스치는 듯 멀어지네

가물가물하다가도
언제 다시 살아나서

귓가에
뜨거운 숨결
불어 넣고 떠나네

기다림이란

기다림이란 가시가 자라는 희망
그리움을 찔러 대며 밀려오는 파도

무엇을 기다리며
누구를 그리워하나 그대여

바람이
아득히 불어오고
저만치 수평선은 밀려나는데

결심決心

무엇을 해야겠다
어디로 떠나겠다

날마다 하는 결심
포승줄로 죄어 온다

스스로
맺은 매듭을
풀지 못해 뒹굴며

눈

눈을 뜨면 눈부시고
눈 감으면 흑백사진

한 장 한 장 넘기는 날
송이송이 눈이 오네

눈 속에
피는 그리움
눈망울에 맺힌다

초승달

동지섣달 긴긴 밤도
새벽빛이 너무 일러

잠 못 이룬 기다림에
닭 울음도 서럽구나

초승달
눈썹 밑으로
샛별마저 스러지네

보조개

오늘따라 하늘빛이
눈부시게 푸른 호수

일렁이는 물결 없어
조약돌을 던져 보네

동심원
물이랑 틈새로
손짓하는 보조개여

마음의 꽃 1

몸도 마음도 허해지면
온갖 귀신 춤을 춘다

아무리 힘든 일도
내 몸 낮춰 노력하자

하늘만 아는
해맑은 미소
높이 걸려 피리라

마음의 꽃 2

혼자서 길 떠날 때
별빛만은 품고 가자

반짝이는 고요 속에
마음의 꽃 피어난다

그리움
물들이는 정
무슨 색인지 몰라도

눈길

어둠 내린 눈길 위를
별을 찾아 걷는 이 밤

온단 기약 없지마는
돌아보며 살피다가

하얗게 부서지는
달빛에 놀라
뛰는 가슴 멈춘다

화살

활줄 같은 상현上弦달을
어린 손이 당긴 시위

찼다가 이울어지다
청솔가지 걸린 화살

나이테
돌고 돌아서
제 가슴에 박힌다

정情 1

기다리는 사람에게
다 주어도 남는 정을

해 뜨는 바다 저편
수평선에 뿌려 주면

물드는
바다 구름이
물안개를 펼친다

정情 2

정이란 무엇이기에
소리 없이 스며들어

아랫목을 차지하고
떠날 줄을 모르다가

언 몸을
끌어당겨서
덥혀 주는 겨울밤

인생의 맛

기울고 차고 춥고 덥고
미워하고 사랑하고

짜고 맵고 달고 시고
쓰디쓴 인생의 맛

아무리
뱉으려 해도
삼켜야 하는 나의 맛

숙업宿業

귀찮고 성가신 일
인생사에 따르는 업業

길흉화복吉凶禍福 운수보다
끈끈하고 질긴 뿌리

이 모두
달게 씹어서
지친 몸과 함께 산다

술잔

떠나고 돌아오고
마중하고 또 보내고

원망하다 그리다가
일어섰다 앉았다가

채웠다
다시 비운 술잔에
초승달이 떠오른다

인생사人生事

생각이 많다 보니
할 말을 잊고 사네

아무 생각 아니 해도
세월은 빨리 가네

추웠다
더웠다 하는 인생사
가슴 이슬 맺히네

유수부쟁선 流水不爭先

좋은 것도 무덤덤하게
싫은 것도 담담하게

해야 할 일 쉬엄쉬엄
가야 할 길 느릿느릿

끝없는
강물을 따라
다툼 없이 흘러라

실개천

물처럼 살자는데
불꽃을 피운 세월

다 태우고 남은 재만
강바람에 날려 가고

모두가
떠난 그 자리
실개천이 흐른다

인생행로人生行路 1

이제 겨우 반나절 길
밤을 새워 걸어온 길

부피 없는 사랑의 짐
이고 메고 가야 할 길

세월은
발걸음도 안 떼고
멀리 앞서가는 길

인생행로人生行路 2

살다 보면 다 내려놓고
주저앉고 싶어진다

아는 것은 병을 주고
모르고는 길이 없다

벗어도
벗기지 않는
짐을 지고 가는 길

물레방아 인생

좋아하고 싫어하고
미워하고 사랑하고

만나고 헤어지고
돌아오고 떠나가고

기다림 속에
또 돌아가는
정답 없는 수수께끼

떠나온 길

돌아보지 말자 해도
자꾸만 되새긴다

돌아보지 않고 떠난
똑바로 난 빠른 그 길

이제는
돌아보지 않아도
멀리 돌아 굽은 길

고저장단高低長短

한 걸음 물러서면
짧고 긴 길 눈에 들고

낮은 길 걸어가니
위아래가 다 보이네

인생사
고저장단이
보기 나름인 것을

별

밤새워 그린 얼굴
아침이면 사라지고

한낮에 또 그리면
햇살 속에 숨었다가

눈 감고
뒤척이는 밤이면
별이 되어 반짝인다

나목裸木

오늘이 있기까지
온갖 고비 시린 뼛속

피울음을 웃음으로
텅 빈 속에 비단 거죽

오는 봄
새살 핏속엔
푸른 꿈을 실어라

해후邂逅

안타까움 이제 없고
그리운 시간 쌓여 가네

눈물 같은 아침 이슬
옷소매로 훔치던 길

그 길을
이제 손잡고
기다리며 가는가

나의 길 1

내 인생 내 뜻대로
할 수 없고 될 수 없고

인생행로 각인각색
시비성패是非成敗 요란해도

아무도
돌아보지 않는
나의 길을 가련다

나의 길 2

주저앉고 싶어도 일어서야지
서 있지 말고 나아가야지

날은 저물고 가야 할 길 멀다 한
성현 말씀에는 한숨 따위 없었다

아무리
무거운 짐도 가벼워지는
꽃 피는 바다로 가는 나의 길

등고망원 登高望遠

높이 올라 멀리 보라
고인古人 말씀 깊은 뜻을

가까운 덴 보지 말고
오르기로 잘못 아네

높이 뜬
하늘 아래 흰 구름
저 멀리로 수평선

이데올로기

그림자도 아니면서
따라붙는 도깨비불

생사람을 잡으면서
무리 지어 춤을 춘다

사실도
실체도 없는
개꿈 속의 이데아

오늘

매일매일 처음처럼
오는 내일 오늘같이

다 주어도 부족하고
안 받아도 넘치는 정

오늘은
가슴속 깊이 숨겨
내일 헤쳐 보일까

고개

뒤돌아보지 않고
오직 한길 걸어왔네

이 길 저 길 갈라지는
길목마다 숨이 차고

가슴에 새긴
이름 하나로
굽이굽이 넘었네

나라 걱정

아는 것이 병이 되고
모르는 게 약이라고

옛날부터 전해 오는
속담이야 모를까만

아는지
모르는지도 모르는
나라 걱정 어찌하랴

낯선 겨울

서러운 가을이 가더니
겨울이 낯이 설다

얼었다 풀렸다 하는
세상 이치 어디 가고

바람도
천둥도 없이
검은 비가 내린다

자유自由의 꿈

창공蒼空의 한 마리 학鶴
벽해碧海의 고래 되어

유유히 거침없이
차오르고 날아올라

걸림도
꺼림도 없는 춤
추어 보는 푸른 꿈

시詩

나에게 시가 없다면
살아가기 어려우리

아찔하고 아득할 때
주저앉지 못하게 하고

한 가닥
사랑의 끈을
칭칭 감고 옥죈다

새벽길

꿈 깨어 창을 열고 겨울 산을 바라보니
어스름한 산등성이 누런 달이 걸려 있네
지나온 거친 그 길을
안으로만 머금고

소금보다 더 짠 세월 돌아보면 언제 갔나
날마다 먼동 틀 때 처음처럼 시작하네
지난밤 지샌 아픔도
잊고 가는 그 길을

날마다 걷는 길이 오늘따라 새로운 길
근심 걱정 온갖 번뇌 고개 들면 빈 하늘뿐
간밤에 삼킨 노래를
토해 내는 새벽길

바다 앞에 서면

바다 앞에 마주 서면 까닭 모를 힘이 솟아
지친 몸을 이끌고서 다시 찾은 겨울 바다
새하얀 물갈기 사이로
물빛 하늘 어린다

성난 파도 일렁이는 겨울 바다 앞에 서면
수평선이 멀어지는 하늘가로 스러진 별
저 멀리 나래 반짝이며
갈매기 떼 돌아온다

기다림을 부려 놓고 돌아서면 아픈 등줄
짊어지고 돌아서면 새털처럼 가벼운 짐
질 수도 내릴 수도 없어
품에 안고 가리라

다 부르지 못한 노래

다 부르지 못한 노래 목이 메어 못 불렀나
고백하지 못한 사연 길이 막혀 돌아섰나
묶여진 노랫말 풀어
못 다한 길 떠난다

아직도 부르지 못한 내 노래는 눈보라에
어지러운 걸음 따라 휘날리며 춤을 춘다
눈 감고 뒤지는 악보
다가오는 숨소리

잊어버린 노랫말이 토막토막 살아나서
중얼중얼 흥얼흥얼 아문 상처 쓰다듬고
이어진 실 가슴에 꿰어
함께 외쳐 불러 보자

오늘따라 부질없이 낙서장을 꺼내 놓고
쓰고 지우고 다시 쓰는 부르지 못한 노랫말이
살아서 튀어나와서
얼싸안고 뒹군다

지난밤은 꿈이었나 혼자 되어 길을 찾네
두 손 잡고 부른 노래 음정 박자 뒤엉켜서
노랫말 사이사이로
사라지는 그림자

때로는 토라졌다 언제 그랬나 다정하게
가슴에 파묻는 숨 등 두드려 달래는 손
뜨겁게 차오르는 노래
부르지 못한 안타까움

귀환歸還

겨울비가 질척질척 어지러운 발길 묶어
한 걸음에 닿을 길을 헤매다가 돌아왔네
문밖에 먼저 온 그림자
흠뻑 젖어 팔 벌린다

몇 굽이 넘어왔나 험하고 가파른 길
벼랑 끝에 피어 있는 꽃 무더기 뒤로하고
등잔불 깜박이는 옛집
열려 있는 사립문

기다림 속 줄 쳐 만든 세모 네모 둥근 방을
처음에는 살며시 딛고 나중에는 온 방 차지
아랫목 두 손을 녹여
지나온 길 찾는다

기다리는 자의 노래

기다리던 그 사람은 어떻게 변했을까
날마다 그리워한 맑고 고운 눈망울도
지금은 뛰는 가슴으로
눈을 뜨지 못하네

돌아오는 사람에게 다함없는 말없음표
기다림 다시없고 함께하는 느낌표로
바람을 삼킨 노래로
머릿결 날리며 맞으리

촛불을 밝혀 놓고 일어났다 앉았다가
벌레 소리 바닷소리 없는 기척 기울이다
행여나 창문을 여니
푸른 별빛 쏟아진다

그림자도 기별 없이 언제 찾아오셨다가
토막잠 속 단꿈 깨고 새벽길을 떠났는가
한 걸음 디딜 때마다
기다림을 남겨 놓고

발시拔詩 나의 노래

그대 있어 내가 부른
나의 노래
끝 어디에

메마르지 않는 샘을
처음같이 퍼내어도

영원한
사랑의 목마름
채워질 줄 몰라라

후기

아직도 다 부르지 못한 노래
—나의 시조문학 약전略傳

해운海雲 정봉렬鄭奉烈

〈1〉

지금으로부터 50여 년 전인 고등학교 시절, 아마도 1967년 경이 아닐까 싶다. 당시 아버님이 교장으로 재직하시던 남해군 송남초등학교(삼동면 송정마을 소재, 현재는 미조면)에 들렀었다. 학교는 은모래가 펼쳐진 바닷가 소나무 숲속에 있었고, 사택은 학교에 붙어 있었다. 학생들은 교실 안에서도 파돗소리를 들으면서 공부하고 노래하고, 수평선을 바라보며 아름답게 펼쳐진 모래해변을 운동장으로 삼아 뛰놀고 있었다.

교무실에 들러서 신문철을 뒤적이다가, 우연히 어느 중앙 일간지에서 시조를 투고받아 선정하여 정기적으로 게재하고 있다는 것을 알게 되었다.

정확한 기억은 아니지만 「파도」라는 제목의 시조를 관제 엽서에 적어 보냈는데, 나중에 그 신문에 실리게 되고, 원고

료(500원으로 기억됨)를 우편환(소액환)으로 보내와서 방학 때 우체국이 있는 미조항구까지 10리가 넘는 자갈길을 걸어가 현금으로 바꿔 온 추억이 아련하게 남아 있다.

어린 시절을 돌이켜 보면 집안에는 각종 국문학 관련 서적을 비롯하여 고대소설과 가사문학, 시조 등이 실려 있는 책들이 꽤 많이 있었는데, 이는 일제 강점기에 진주 사범학교를 나와 초등학교 교사로 재직하시던 아버님이 해방 후 중·고등학교 국어과 교사가 되고자 공부하신 책들이었다. 아버님은 평소에 시조 수십 수를 줄줄 외우고 계셨고, 특히 노래를 잘 부르신 어머님도 자식들의 초중등학교 교과서에 실린 고시조들을 다 알고 계신 것이 신기하게 생각되기도 하였다.

이러한 부모님의 영향을 받았는지는 몰라도, 시조의 운율은 나도 모르는 사이에 가슴속의 내재율로 자리 잡아 지금까지도 시상과 함께 울려 온다.

〈2〉

진주고등학교 도서관은 규모도 크고 소장도서도 많았지만, 특히 문학 분야의 좋은 책들이 많았다. 밖에서는 구하기도 어려운 시집들과 위당 정인보의 『담원시조집』을 비롯하여 노산 이은상, 가람 이병기, 초정 김상옥 등 대가들의 시조집과, 진주 지역에서 활동한 시조시인인 복혜숙, 조재업, 변학규, 이명길 등의 시조집까지 열람하거나 대출받을 수 있도록 비치되어 있었다. 당시 조재업 선생은 진주고 체육교사로 재직 중이었으며, 대중가요 '에나' 등의 노랫말을 작사하신 분이기도 하다.

시집이나 시조집에서 마음에 드는 작품을 노트에 베껴 쓰면서 나름대로 시와 시조를 끄적거리기도 했지만, 문예반 활동을 지도하는 선생님도 없었고, 개천예술제나 진해군항제, 도교육청 주관 학예발표회 등의 백일장에도 시조 부문이 아닌 시 부문으로 참가하면서도 내심으로는 시조 부문으로 참가하고 싶은 마음도 없지 않았다.

이후 젊은 시절의 실의와 좌절, 생활인으로서 과제와 시대적 상황 사이의 고뇌를 헤쳐 나오는 과정에서 시는 주저앉으려는 나를 지탱해 주었고, 그 가운데서도 시조가락의 율격은 격렬해지려는 삶의 순간들을 정서적으로 순화시켜 주었으며, 내 시의 바탕에 먼저 자리를 잡아 왔다.

〈3〉

첫 시집 『잔류자의 노래』가 나왔을 때, 대시인 박재삼

(1933~1997) 선생께서 내 시집에서 시조의 운율을 발견할
수 있다면서 선생 자신의 문학도 시조에서 출발했다고 말
씀하셨다. 이후 만나 뵐 때마다 선생으로부터 시조문학에
대한 지도를 받고, 문단과 시대상황에 대한 말씀도 가끔
들을 수 있었다.

　　선생의 생계를 위한 일터인 관철동 한국기원과 나의
직장인 삼일빌딩(산업은행)이 가까이 있어서 자주 뵙고 문
학과 인생사에 대한 가르침을 받을 기회를 갖게 된 것은
나에게 큰 행운이었다. 나와 최인호, 정길영 세 사람이 묵
동墨洞의 선생님 자택에 술병을 사들고 밤에 찾아간 일과,
선생의 개인 사무실이 있던 YMCA 뒷골목 현현각玄玄閣(바
둑 전문 출판사)을 찾았을 때, 당대 바둑의 최고수인 조훈현,
서봉수 등 프로기사들과 몇 차례 조우한 일들이 아직도
눈에 선하다.

　　박재삼 선생의 말씀처럼 내 시에는 시조로 썼다가 나
중에 변형된 작품이 많이 있다.

　　첫 시집『잔류자의 노래』에 실려 있는「편지」라는 시도
처음에는 시조로 쓴 것을 중장 부분을 생략한 것이었다
(신경림의『아침의 시 2』에 수록).

겨울비 내리는 날
묵은 우산 펼쳐들고

얼었던 가슴 벌판에
봄소식을 지핀다

「편지」전문

두 번째 시집『기다림 속에는』에는「첫눈」이란 시조를
한 편 끼워 넣어 보았다.

거친 겨울 장마 끝에
첫눈이 내리네

오늘은 내일 없는
어제를 밀쳐 두고

그리다
그리다가 선
눈사람이 될까나

「첫눈」전문

세 번째 시집인『반연식물』에는 중장을 길게 하여 시조의 운율은 넘어섰지만 사실상 시조로 쓴 작품이 다수 실려 있다.「찔레꽃」,「비익조 4」,「비익조 7」,「회생기의 노래 3」,「회생기의 노래 4」,「회생기의 노래 5」등이 그것이다.

어머니의 가슴속에
피어나는 하얀 찔레꽃

젊은 날 가시밭길
헤치고 살아온 꽃

고단한 나날들도
돌아보면 꽃길인 양

환하게 미소 지으며
다가오는 어머니

「찔레꽃」 전문

〈4〉

내가 시조를 집중적으로 많이 쓰게 된 시기는 2005년과 시국이 어수선해지기 시작한 2016년 말부터 2018년 8월 까지이다.

2005년 직장의 바쁜 보직에서 해방되어 후선으로 물러나게 되었을 때, 400여 수가 넘는 아버님의 한시를 편집하여 비매품으로 발간하는 작업을 하였다. 한시집의 제목은 아버님의 허락을 받아『남해대교南海大橋』로 하였으며, 편집 후 내가 쓴 발문跋文은 산문집『우수리스크의 민들레』에 실려 있다.

아버님의 한시집은 번역문 없이 한자 원문 그대로 수록되어 있기 때문에 후손들이나 독자들에게 쉽게 읽힐 수가 없는 것이므로, 이를 번역하여 원문과 대조하며 읽도록 하는 것이 마땅한 도리임을 알고 있었지만, 역량이 부족한 나에게는 능력 밖의 과제였다. 이러한 고충을 아버님은 잘 이해하고 계셨으며, 평소에 자신의 한시를 시조 형태로 번역하고 싶었다고 말씀하셨다. 글자의 뜻에만 의지하여 한시를 직역하게 되면 한시가 갖고 있는 고유의 맛과 멋을 잃기 쉽고, 시적인 표현에 치우치다 보면 지나친 의역이 될 가능성이 높기 때문에, 한시를 우리나라 고유의 가락인 시조로 번역해 봄 직하다는 말씀이었다.

　아버님이 한시에 몰두하시기 전에 쓰신 시조가 20여
수 남아 있었던 것으로 알고 있었는데, 2008년 병석에서
돌아가신 후 유실된 것 같아 죄송하고 안타까울 따름이다.

　때늦은 느낌은 있지만 아버님의 「남해대교南海大橋」를
시조형태로 어설프게나마 노래해 보았다. 올해가 아버님
이 돌아가신 지 10주년이 되는 해이기에 더욱더 특별한
감회를 갖게 된다.

　남해대교南海大橋

　江山景槪巧誇橋 (강산경개교과교)
　形勝懸垂盛市朝 (형승현수성시조)
　南北陸連雲際影 (남북육연운제영)
　東西海闊月中潮 (동서해활월중조)
　梁邊靜靜孤帆宿 (양변정정고범숙)
　水道晶晶萬哩遙 (수도정정만리요)
　豪客四時遊覽日 (호객사시유람일)
　繼來繼往太平寥 (계래계왕태평요)

경개 좋은 남해 강산 아름다움 뽐내는 다리
걸려 있는 멋진 모습 아침부터 성시 이뤄
남북 뭍 잇는 구름 사이로 드리우는 그림자

동쪽 서쪽 트인 바다 달빛 속에 밀려오면
고요한 노량 해변 돛단배도 잠이 들고
해맑은 한려수도는 만 마일 멀리 아득하다

사시사철 관광객이 날마다 유람하고
끊임없이 오고 가는 태평한 세월 속에
어디서 맑고 쓸쓸한 소리 텅 빈 하늘 울린다

⟨5⟩

직장에서 물러나 5~6년 동안 몇 개 대학에서 시간강사로
경제학 관련 과목을 가르치다가, 마산에 새로운 직장이 생
겨 2015년 3월 말부터 금년 3월 중순까지 혼자 내려가 있
었다. 그동안 처자식들의 고생도 애써 외면하면서, 지금까
지의 내 삶과 문학을 돌아보는 시간을 가지게 되었다.

　2016년 12월부터 시국이 소연해지고, 국내외 상황이
급변함에 따라, 지금까지 나를 지탱해 온 시정신이 흔들

리는 것을 느끼게 되었고, 아직도 다 부르지 못한 노래들이 가슴 깊숙한 곳에서 사라지지 않고 살아서 꿈틀거리기 시작하였다.

사랑하는 가족들을 위하여 불러야 할 노래가 있다.
돌아가신 부모님이 못다 부른 노래도 있다.
나라와 이웃과 친구와 좋아하는 꽃들과
그리고 고향과 바다와 바람도 노래해야 한다.

그동안 노트에, 휴대폰에, PC에 적어 놓은 시상과 상념들을 정리하며 시를 썼다. 시로 충분히 표현할 수 없는 많은 작품들이 시조가락으로 솟아 나왔다.

1979년 8월, 가족과 처음으로 설악산에 갔을 때, 산속에서 가랑비를 맞으며 청춘시대의 좌절과 실의를 극복하고자 하는 서원誓願과 나라 걱정 등이 교차하는 가운데, 칠언절구七言絶句를 흉내 내었던 생각이 난다.

'아직도 다 부르지 못한 그 노래'들을 칠십이 다 되어 이제 시조가락으로 풀어 본다.

逢細雨 (봉세우)

雪嶽山中逢細雨 (설악산중봉세우)
誓願經世寒士淚 (서원경세한사루)
玉溪淸風流千古 (옥계청풍유천고)
靑春未踏萬里愁 (청춘미답만리수)

가랑비를 만나다

설악산에서 만난 가랑비
뜻 못 이룬 선비 눈물

옥 같은 물 맑은 바람
천 년 세월 흐르건만

가야 할 청춘 만 리 길
시름 깊어 내리나

2018. 9. 24. 한가위에